여기에선 네 안에
따뜻한 바람이 불 거야

여기에선 네 안에
따뜻한 바람이 불 거야

오늘의 마음은 제주

글·그림 클로이

위즈덤하우스

차례

Winter

마음이 몽글몽글.
조금 추운 겨울날 당신의 말.
"네가 좋으면 나도 좋아."

Spring

이제 나를 위해
떠나야 할 시간이야.
더는 누구에게도 잡히지 마.

Summer

바다가 지나간 자리엔
우물이 고여 있었어.
파도를 타고 올라온 반짝이는 것들은
널 닮은 것 같아.

Autumn

작은 것들은
어째서
내 안에 크게 요동치는 걸까.

마음이 몽글몽글.
조금 추운 겨울날 당신의 말.
"네가 좋으면 나도 좋아."

Winter

안 개 속 의 섬

내가 사는 이곳은

안개가 짙게 내려앉아 있어요.

서로에게 다가갈 수는 없어요.

당신이 사는

그곳은 어떤가요?

물 영 아 리 오 름 에 서
흰 사 슴 이 나 에 게

나는 슬픔이야.
그리고 너의 아픔이기도 해.

비 자 림 로   지 방 도
1 1 1 2 호 선

새들이 떠나고 남은 그루터기.

어미 새가 알을 품던 자리가

아직 따뜻합니다.

흰 사슴

사슴 머리에 뿔이 자라기 시작했습니다.

제 몸보다 커진 그것은

뿌리 내릴 곳을 찾아 오늘도 숲을 찾아다닌다고 해요.

갈대의 꿈

나는 이 겨울을
누워서 편히 보냈어요.

떠나간 새들은
봄이 되면 다시 돌아올까요?

첫 눈

눈밭에 홀로 누워 있는 꿈을 꿨습니다.

아침에 눈을 뜨자

세상은 온통 하얗게 빛나고
나보다 먼저 와 기다렸다가
나를 품어준 하얀 눈.

동 백 꽃

눈 속에서

더 붉게 빛나는

봄을 기다리는 마음.

개 의 신

개의 신도 있을 거야.

먼저 떠난 이가 반겨주는 그곳이라면

혼자 외롭지는 않을 거야.

말 테 우 리 노 래

말아, 푸른 말아.
살며시 달이 누운 곳으로
나를 데려가는 말아.
너른 들판처럼 따뜻한 말아.

나는 당신의 말이 그리워
오늘도 눈을 감아.

* 말테우리
 - 말몰이꾼의 제주말

오름들

이제 이곳에서
마음의 이야기를 담을 거예요.
밉고 원망 가득한 것 말고

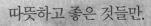

따뜻하고 좋은 것들만.

작 은 빛

봐주는 이 없어도
밟혀도 꿋꿋이 살아가는
이름 없는 풀꽃처럼

나 그렇게
다시 봄을 꿈꿔.

서귀포 극장

하늘빛 지붕
담쟁이가 그린 무대.

바람도 내려와 앉고
해와 달이 단골인 객석.

비가 내리면 색이 다 진해져요.
초록이 지지 않는 이 섬의 끝자락.
이제 네가 오면 연극 시작이야.

4 월 동 백

산비둘기야,
떨어진 꽃의 꿀을 빨지 마.

이건 사람들의
눈물이야.

종 달 리 언 덕

잊고 있던 소리가
잊혔던 기억이
흩어졌던 다짐들이
바람에 실려 불어와요.

그리운 당신.
귀 기울여봐요.
바람의 소리를.

우리의 순간들

푸른 우물처럼

시간이 지나도

계속 마음에 차오르는 순간들.

라 테

추운 겨울날 당신의 말.
"네가 좋으면 나도 좋아."

마음이 몽글몽글.
조금 더 따뜻해졌어.

먼 파도 소리

오늘의 마음들을
끌어안고 달래봅니다.

당신의 밤이 편안하기를.

신 천 목 장

겨울이 오면
귤 껍질이 모여 주황색 눈이 쌓이는 곳.

옷자락에 실낱같은 향기가 떠나지 않고
추억처럼 자리를 지키는 곳.

초 대

꿈 같은 걸음으로 여기까지 왔네요.

오늘은 다정한 달도 함께예요.

어서 와요, 당신.

겨 울 아 침

샛별 길 따라서

여기까지 왔어요.

산록 도로

보이지 않아도
알 수 있어요.

이 세상에는
낮에도 별들이
떠 있어요.

이웃집 아이들

이웃집 아이들이 물었어요.
"비가 내리면 새들은 어디서 몸을 피하나요?"
내가 사는 이곳이 점점 더 좋아져요.

새 별 오 름 나 홀 로 나 무

마침내 다다른
눈부신 겨울의 끝에 왔어요.
나는 생각합니다.
이 길의 끝에서 만날 당신을.

이제 나를 위해
떠나야 할 시간이야.
더는 누구에게도 잡히지 마.

Spring

제 주 7 0 0 번 일 주 버 스

이제 나를 위해 떠나야 할 시간이야.

더는 누구에게도 잡히지 마.

가볍게 떠나자.

너의 짐만 들고서.

바람이 바뀌면
나도 달라져야 해.

이제 지나간 일은
바람에 날려 보낼 거야.

나를 가장 잘
챙겨줄 사람

조금 더 이기적으로 생각해봐.

조금 더 나에게 이로운 쪽으로.

나에게만은 긍정적 이기주의자라도 괜찮아.

나를 가장 잘 챙겨줄 사람은 나니까.

섬 에 서   부 는
봄 바 람

멋진 아이디어를 만나려면

머릿속에 바람이 둥둥 떠다니게 할

시간이 필요해요.

마 중 나 가 는 길

널 기다리는 동안
먼저 불어오는 다정한 그리움.

눈앞에 푸른 바람이 스친다.

꽃 같은 말

손톱을 물어뜯는 버릇 때문에

들쑥날쑥 엉망이 된

내 손을 잡아주며

네가 건넨 말.

"손끝에 꽃이 폈네."

봄이 오는 소리

창문 틈으로 새어 든 바람이
마치 새소리 같아.

오 늘 할 일

햇볕을 쐬고
바람을 맞으며

생각은 잠시 접어두고
맨발로 천천히 걸어보기.

봄 아지랑이

수확하지 않은 무밭에 꽃이 폈어요.
노란 꽃에서 달큼한 무향이 나.

땅에서 올라오는 봄 아지랑이처럼
네 입에서 올라온 따뜻한 말들.

노 래 의 색

집 주변에 새가 많이 사나 봐요.

지저귀는 소리로
아침이 반짝여요.

새들이 일어나는 순서대로
노래의 색은 점점 짙어지고
나는 그제야 눈을 떠요.

퐁 낭

"작은 새야, 네가 기댄 곳은
아름드리 큰 나무가 아니야.
나는 그저 말라비틀어진 작은 나무야."

"아니야, 넌 꼭 그렇게 될 거야.
푸른빛 가득 품고
마을을 지키는 퐁낭처럼."

* 퐁낭
- 팽나무의 제주말

마 음 에 핀 꽃

"이것 봐, 내 마음에 꽃이 폈어."

"소중한 걸 꽃피우는 건
정말 중요한 일이야."

들꽃의 이름

당신이 냉이꽃이라고 알려주니
주변이 온통 냉이꽃밭이 되었어요.

멘도롱한 보롬

꿈을 꿨어.
어린 새가 날아와
작은 날개로 날 안아줬어.
봄이 왔나 보다.

* 멘도롱 보롬
- 따뜻한 바람의 제주말

너와 걷고 싶은
왕벚나무 숲

새들도 돌아오고
꽃도 다시 피었어요.
따스한 연분홍 햇살들.
너와 함께 걷고 싶은 이 길.

등불 하나

오늘 여기에 밝히는
작은 등불 하나.

나 여기 있으니
당신 멀리서라도 날 알아볼 수 있기를.

산 굼 부 리

산굼부리 정상에서
우리는 잠시 말이 없어졌어요.

때론 말이 없어도
어색하지 않은 시간도 좋아요.

봄볕

당신이 내 마음에
봄볕 같은 씨앗을 뿌렸어요.

사막 같던 내 마음이
온통 꽃밭이 되었어요.

소꿉놀이

왜 몰랐을까?

그때 꽃밥에 담은 네 마음을.

애 월 의 밤

가장 어두운 것도
가장 빛나는 것도

모두 내 안에 있어.

목 련

한순간
모든 것이 빛나 보일 때가 있어요.

나는 언제나
지고 나서야 돌아보게 돼요.

청 보 리 밭

괜찮아요,

부끄러운 마음도.

괜찮아요,

화난 마음도.

괜찮아요,

서러운 마음도.

새 싹 소 리

여기 봐,
죽은 줄 알았던 고목에 자란
반짝이는 여린 잎을.

들어봐,
내 안의 새싹들이 내는
작은 소리를.

고 사 리 장 마

비가 들판을 상냥하게 깨우듯 내리자
오름과 들판에선 고사리들이
여기저기 올라오기 시작했어.

* 고사리 장마
- 제주도에서 봄철 고사리가 나올 때쯤인 4월에서 5월 사이에 내리는 장마

푸른 말

제주 바람이 만든 말
바람은 많은 것을 싣고 다녀.

섭 지 코 지

그리웠어,
우리가 함께했던 시간.

유채꽃 한가득 우리가 있던 그 자리가.

귤 꽃

하얀 꽃들이 떨어진 자리엔
새콤한 하늘빛 꽃 내음

향기는 모두 어디로 날아가는 걸까.

바다가 지나간 자리엔
우물이 고여 있었어.
파도를 타고 올라온 반짝이는 것들은
널 닮은 것 같아.

Summer

바다 첫밤

숨을 크게 쉬어봅니다.
이곳이 내가 있을 자리라는 걸 알리듯

당신이 있는 그곳도 편안하기를.

여 름 보 리 밭

바삭대는 바람 소리

여름은 소리로 다가와.

당 신 의 어 린 시 절

얼마나 좋을까요.

당신의 어린 시절을
멀리서라도 볼 수 있다면.

네 가 좋 아 하 는 것 들

고양이 등의 온기.

새벽 풀벌레 소리.

이름 모를 작은 풀꽃들.

돌에 핀 부드러운 이끼.

색을 다 담을 수 없는 녹색.

네가 좋아하는 것들.

태풍이 지나간 자리

바람에 쓰러진 나무들은

서로의 버팀목이 되어줬어요.

여 름 소 나 기

산에서 내려온 먹구름.
바람을 타고 톡톡
연잎의 잠을 깨우는 너.

연 화 지 가 는 길

"내 글은 다리를 달달 떠는 말라깽이 같아."

"그럼 그림은?"

"같이 춤추길 기다리는 뚱뚱한 아가씨야."

"우리 사이좋게 지내자."

바위틈으로 솟아나는 샘을 생이물이라 해요.

졸졸 흐르는 물줄기 소리에

새들은 모여들고 숲은 잠시 쉬어 가요.

우리의 시간도 잠시.

오라동 메밀밭

잘 했어.

잘 해왔고

잘 할 거야.

물 이 빠 진 자 리

바다가 지나간 자리엔 우물이 고여 있었어.

파도를 타고 올라온
반짝이는 것들은 널 닮은 것 같아.

스며드는 것

꿈에 바다에 뜬 달이

외로워 보여 안아줬어요.

달빛이 나에게 조금씩 스며들었어요.

이웃집 피아노 소리

처음부터 잘 하는 사람이
어디 있나요.
좋아하는
그 마음이면 되지요.

<u>이 호 테 우 에 서</u>

오늘은 바닷가에 앉아

사 이 좋 게 구 름 한 조 각
냠 냠.

그 림 자 꽃

당신의 발걸음에
꽃 그림자가 일렁입니다.

그림자도 꽃이 펴요.

광 치 기 해 변

오늘의 시간을 기억에 담아가요.

오늘의 당신을 마음에 담아가요.

핑크 뮬리

네가 가진 또 다른 이름

'고백.'

분홍빛 바람에 실려

산들거리는 마음들.

여 름 밤

말은 필요 없어요.
당신의 표정과 눈빛이
다 말해주고 있는걸.

청 수 리   곳 자 왈

풀벌레 소리를 따라가면
밤의 경계를 넘어가는 빛이 보일 거야.
내 손을 놓지 마.

강 아 지 코

좋아하면
그 사람 냄새까지 좋아지는걸.

해 바 라 기

알알이 맺힌 해의 열매들.
노란 벌의 엉덩이들.

섬의 해바라기늘은 해를 더 담고 싶어
육지보다 더 크게 자라나 봐요.

배 추 흰 나 비

집 앞 열무밭이 나비 떼로 온통 반짝였어요.

흰빛들은 말라버린 건천으로 흘러

강을 이루어 바다로 떠나버리고

나는 그만 눈이 시려

끝까지 따라가지 못했어요.

삶은 구름 모양

같은 모양의 구름이 없듯

같은 모양의 삶도 없는걸요.

마음의 조각

하나하나에 담긴 작은 이야기.
그 여름날 우리의 기억들.

낙 화

당신 내 안에도 있나요?

부서져 흩날리고 남은 것들은
따뜻한 봄날 같은 길에 서 있죠.

성 산 바 당

탓할 것조차도 떠나버린걸요.

이미 지나간 일.

다 짐

내 마음이 미움으로 가득 차도,
미운 그림은 그리지 않을 거야.

석 양 바 다

탁한 물은 맑아지기 마련인걸.

마음아,
조금만 기다려줄래.

눈 물

세상에
그치지 않는 비는 없어요.

작은 것들은

어째서

내 안에 크게 요동치는 걸까.

Autumn

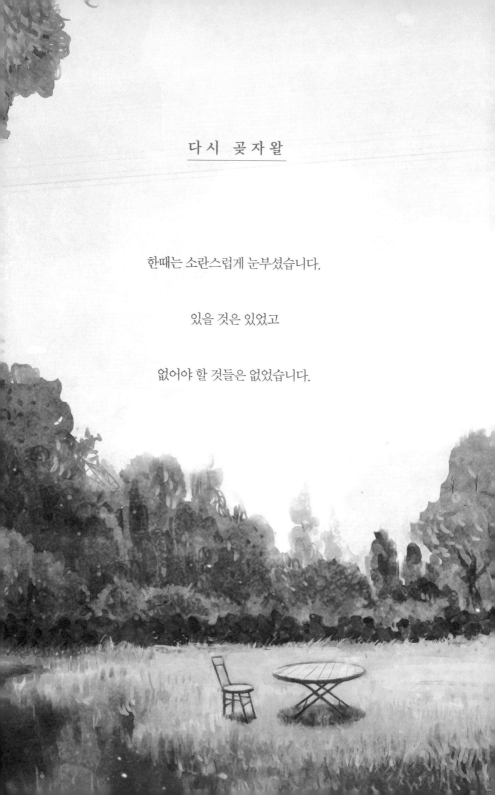

다 시 곶 자 왈

한때는 소란스럽게 눈부셨습니다.

있을 것은 있었고

없어야 할 것들은 없었습니다.

여 름 의 꽃

모르고 지나친 여름의 꽃들.
보아야 할 것을 못 보고
만나야 할 것을 놓치고
나는 또 성큼 다른 계절에 들어섰구나.

산 부 새

커다란 바람이 내 등을 밀었습니다.
몸져누워 흐르는 조릿대 숲처럼
높이 날아오르는 전선 위의 제비들처럼
나는 멀리 날아가 넓은 언덕에 닿았어요.

다 날아가고 내게 남은
부드러운 바람 한 조각.

* 산부새
- 산에서 불어오는 바람의 제주말

새 벽 밭 담

누구를 만나도 채울 수 없는 것이 있어요.

비울수록 채워지는 혼자만의 시간.

가 시 리 언 덕

피할 수 없는 문제들에
둘러싸여 살아가는 건
사는 게 아니라
버티는 것 아닐까.

파도의 말

들이치는 것들만 상대하다 보면
하고 싶은 건 해야 할 것들에게
자리를 양보하게 될 거야.

손톱 밑 가시

작은 것들은

어째서

내 안에 크게 요동치는 걸까.

사 려 니

내 마음도 그러려니 하고
사려 깊게 안아주는 숲.

영 실 선 작 지 왓

이 길이 맞는지 모르겠어요.
한 걸음 한 걸음 겁이 나요.

하지만 계속 걸어가야 한다는 것만은 알아요.

사람의 마음

자신의 기준과 남의 기준이
같은 사람은 좀 피곤한 것 같아.

너에게 물들어

봉숭아 꽃물도 이제 지워졌는데

사람에게 물든 건
왜 이리 오래가는 걸까.

푸 른 꿈

달이 내려올 때 눈을 감았어요.
푸른 밤이 흐르자
나는 조금 멀리 떠난 것 같아요.

떠 밀 려 온 별

하늘에서 내려와
파도에 쉬고 있으니
빛나는 불가사리 같아.

고 양 이   이 불

복슬복슬한 털 뭉치 사이로
따스한 햇살이 스며들면

손끝에 포근한 졸음이 만져져요.

공 터

버스 타러 가는 길에
풀들이 자라난 곳을 봤어요.

반짝반짝 빛나던 그 자리.

제주는 있는 그대로가
아름다운 것 같아요.

꿈 에

엷게 새어 나오는 입김 따라.
마중 나온 반딧불이 한 마리.

새벽 온기를 찾아온
길 잃은 반딧불이의 시간.

다 가 오 는 것 들

오늘도, 널 닮은 바닷빛.

네 안에서 부는 바람은
조용한 바람이면 좋겠어.

이 웃 집 고 양 이

밤이면 사라져 보이지 않다가
아침에 돌아오는 고양이.
출근길에 만나
어슬렁어슬렁
다리 사이를 비빌 때면

나른한 털 뭉치에 졸려와
다시 집으로 가고 싶어져요.

안 돌 오 름

조용히 마음을 위로해주던

그날, 비밀의 숲.

가을 돌담길

해 질 무렵 담쟁이넝쿨과 돌담
그리고 당신의 그림자는
하나의 그림이 되었어요.

풀 벌 레 소 리

새벽 풀숲에는
밤새 못 다한 이야기가
한가득이에요.

아침을 부르는 반짝이는 소리.

가 을 로 가 는 길

길 색이 변하고
공기 냄새도 변했어요.

그래, 나는 다시
이곳에 돌아왔어요.

고 양 이 꼬 리

산책 길에 마주친
너와 닮은 아이.

등을 쓰다듬자
그르렁 그르렁.

무지개 너머
네가 그리워
불러보는 이름.

"꼬리야,
꼬리는 꼬리가 예뻐서
이름이 꼬리야."

한 담 해 변

우리 집 앞에는

해가 지면 바다 건너에

길이 생겨나요.

아 부 오 름

함께 마음을 나눌
사람이 있다는 건
정말 큰 행운이야.

새 별 오 름

어디선가 나를 부르는 소리
바람이 오름을 타고 갈대와 함께 춤을 춥니다.

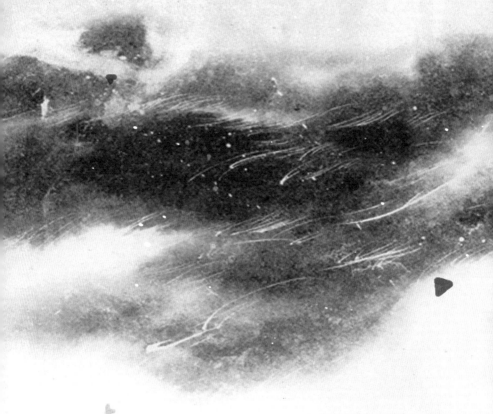

켓물오름

우리가 서로 옅어진다 해도
잊지 말아요.

아무도 걷지 않은 풀밭 위
우리가 함께 걸어온 길을.

다시,
우리 지금 여기 제주

여기에선 네 안에
따뜻한 바람이 불 거야

초판 1쇄 인쇄 2021년 2월 3일 **초판 1쇄 발행** 2021년 2월 17일

지은이 클로이
펴낸이 연준혁 이승현

편집 1본부 본부장 배민수
편집 1부서 부서장 한수미
편집 방호준
디자인 윤정아

펴낸곳 ㈜위즈덤하우스 **출판등록** 2000년 5월 23일 제13-1071호
주소 경기도 고양시 일산동구 정발산로 43-20 센트럴프라자 6층
전화 031)936-4000 **팩스** 031)903-3893 **홈페이지** www.wisdomhouse.co.kr

ISBN 979-11-91308-40-2 03810